D1393504

ABRAKADABRA

CHAT DE SORCIÈRE

La sorcière
Makiavellina

Catalogage avant publication de la Bibliothèque nationale du Canada

Brochu, Yvon

    La sorcière Makiavellina

    (La joyeuse maison hantée; 2)
    (Abrakadabra chat de sorcière)
    Pour les enfants de 7 à 12 ans.

    ISBN 978-2-89591-005-3

    I. Thibault, Paule. II. Titre. III. Collection: Brochu, Yvon.
Abrakadabra chat de sorcière. IV. Collection: Joyeuse maison
hantée; 2.

PS8553.R6S69 2004   jC843'.54   C2004-941152-7
PS9553.R6S69 2004

Tous droits réservés
Dépôts légaux: 3e trimestre 2004
Bibliothèque nationale du Québec
Bibliothèque nationale du Canada
ISBN 978-2-89591-005-3

© 2004 Les éditions FouLire inc.
4339, rue des Bécassines
Charlesbourg (Québec) G1G 1V5
CANADA
Téléphone: (418) 628-4029
Sans frais depuis l'Amérique du Nord: 1 877 628-4029
Télécopie: (418) 628-4801
info@foulire.com

*Les éditions FouLire remercient la Société de développement des entreprises
culturelles du Québec (SODEC) pour son aide à l'édition et à la promotion.*

*Gouvernement du Québec – Programme de crédit d'impôt
pour l'édition de livres – gestion SODEC.*

100%

Imprimé avec de l'encre végétale sur du papier Rolland Enviro 100, contenant
100% de fibres recyclées postconsommation, certifié Éco-Logo, procédé sans
chlore et fabriqué à partir d'énergie biogaz.

IMPRIMÉ AU CANADA/PRINTED IN CANADA

ABRAKADABRA

CHAT DE SORCIÈRE

La sorcière Makiavellina

YVON BROCHU

Illustrations
Paule Thibault

La Joyeuse maison hantée

Je suis un pauvre chat de sorcière :
les sorcières me font des misères,
elles me traitent de vilain
joueur de tours...
mais ce sont elles
qui n'ont aucun humour !

N'hésite pas à venir me visiter
à ma cybermaison hantée
www.joyeusemaisonhantee.ca

La Joyeuse maison hantée

La Joyeuse maison hantée est une clinique de
thérapie. Mais pas n'importe quelle sorte de clinique :
elle est réservée aux créatures fantastiques.

Tous les dragons, ogres, vampires, sorcières,
monstres, fantômes, trolls, chats de
sorcières et autres y sont les bienvenus.
Au moindre problème, le docteur Sigsig
s'empresse de les soigner.

Sigsig et Mermiz, son assistant,
sont les deux seuls humains de
cette Joyeuse maison. Avec l'aide de
Carmelita, la grenouille
détectrice de mensonge,
ils s'efforcent de
trouver le remède aux
problèmes de chacun :
des potions pour les
monstres trop
émotifs, des
thérapies-chocs pour
les chats joueurs de
tours, des visites à
l'Asile des fantômes défectueux
pour régler les problèmes de
Frissella… Le célèbre
docteur Sigsig n'est jamais
à court d'idées !

CHAT DE CARRIÈRE, CHAT DE SORCIÈRE

Abrakadabra n'aurait jamais pensé qu'il ferait l'objet d'une rencontre au sommet à la Cour de la sorcellerie. Pourtant, le voilà bel et bien au banc des accusés, les moustaches frémissantes, face à la Ministre de la Confrérie des sorcières, une ancienne sorcière très respectée, recyclée dans le droit et la politique. La tension est si grande dans la salle qu'on pourrait y entendre respirer un humain...

Abrakadabra est issu de la grande lignée des Grimoire : une race féline qui se consacre depuis des siècles et des

siècles à la sorcellerie. Il est par consé-
quent un chat de carrière, un chat de
sorcière.

C'est bien connu, les chats ont neuf
vies ; Abrakadabra, lui, a eu neuf
sorcières. Et toutes l'ont rejeté comme
un vulgaire chat de gouttière.

– Madame la Ministre, lance
Makiavellina, la porte-parole du groupe
des neuf, nous avons besoin d'un vrai
complice, pas d'un bouffon !

Les regards méchants des sorcières se
posent lourdement sur Abrakadabra, qui
ne peut s'empêcher de penser : «Elles
sont vraiment toutes en beau balai
contre moi, foi de Grimoire !»

Makiavellina poursuit, avec quelques
trémolos dans la voix :

– Il a eu neuf chances. Neuf sorcières.
Et, bout de balai ! chacune d'entre nous
a largement dépassé son quota de
frustrations !

Abrakadabra connaît bien le grand talent de comédienne de Makiavellina, la toute première sorcière pour qui il a travaillé.

– C'est unanimement, continue-t-elle, que nous déclarons Abrakadabra chat... rebelle, non digne de la grande race des Grimoire.

Abrakadabra en a les moustaches transformées en piquants de porc-épic : d'accord, il n'a pas servi ses neuf sorcières avec beaucoup de conviction ni d'enthousiasme, mais de là à ce que ses ex-patronnes le traitent tel un criminel...

Le verdict de la Ministre de la Confrérie n'en tombe pas moins rapidement et durement :

– Abrakadabra, vous êtes condamné... à la Joyeuse maison hantée !

– À la quoi ? miaule l'accusé, consterné.

Des « Hi, hi, hi ! » diaboliques retentissent dans la salle. Ils s'amplifient au point d'en faire trembler les tympans du pauvre Abrakadabra.

Quel voyage !

Trimballé dans la valise diplomatique de la Ministre depuis l'Univers de la sorcellerie, Abrakadabra arrive tout froissé à la Joyeuse maison hantée. On lui a déjà assigné une chambre, au premier étage, où il se retrouve avec la Ministre de la Confrérie des sorcières.

– Abrakadabra, vous avez tout intérêt à bien suivre les conseils de Sigsig, le directeur de la maison, lui précise-t-elle avant de le quitter. C'est le plus grand médecin spécialisé dans la guérison de créatures fantastiques en tous genres. C'est votre dernière chance de pouvoir réintégrer l'Univers de la sorcellerie. Ne l'oubliez jamais, Abrakadabra !

Sur ces paroles, la Ministre quitte la chambre. Abrakadabra bondit sur l'immense lit. Il bondit et rebondit. Le lit est tellement énorme que le chat a l'impression de se retrouver sur un bateau plutôt que sur un matelas. Il saute sur le rebord de la fenêtre: ce qu'il y voit l'étourdit. Une jeune fille se promène dans les grands jardins de la Maison hantée. Elle est jolie. Très jolie, même, mais… ses pieds ne touchent pas le sol! Un fantôme fille!

Abrakadabra se demande bien qui sont les autres «créatures fantastiques» qui habitent cette étrange clinique, appelée la Joyeuse maison hantée. Chat d'action, il décide de ne pas attendre son hôte, le grand Sigsig, pour aller faire le tour du propriétaire. Il se précipite vers la porte, qu'il ouvre d'un frétillement de la dernière moustache de gauche. Il a beau ne pas être un bon chat de sorcière, il connaît tout de même quelques trucs du métier.

Il n'a pas deux pattes dans le couloir qu'il aperçoit une ombre qui se glisse le long du mur. Il se retrouve face à face avec un jeune garçon très étrange, qui émet un râlement inquiétant.

– Rrrr!

«Un monstre! Une fille fantôme! Quel monde de fous!» se dit Abrakadabra, qui prend ses pattes à son cou et se retrouve vite à l'autre bout du corridor, soulagé de ne plus entendre l'étrange grognement du monstre.

À peine a-t-il retrouvé ses esprits qu'Abrakadabra bondit de frayeur.

– Miaowww!

– Salut, l'ami!

Qui est encore ce nouveau monstre dont la tête vient d'apparaître, tout près du sol, derrière une porte entrouverte? Son visage étroit et très long est surplombé de cheveux droits, raides comme des brindilles dans une botte de foin. Derrière des lunettes rondes, posées tout de travers sur un bout de nez percutant, deux petits yeux regardent fixement Abrakadabra, qui retombe sur ses quatre pattes.

– C'est toi, Abrakadabra? Mon nouveau patient!

– Vous êtes... Sigsig?!

À quatre pattes sur le pas de la porte, le directeur de la Joyeuse maison hantée scrute le plancher.

– Tu peux m'aider? J'ai perdu plusieurs petites mines de plomb...

Nez à nez avec ce drôle d'humain, Abrakadabra pense qu'il manque peut-être un peu de plomb dans le cerveau de ce très étrange médecin... Il songe même, un bref instant, que la vie de chat-esclave de sorcière était peut-être, finalement, préférable à celle qu'il va devoir affronter dans cette clinique très particulière.

– Cesse de te faire des peurs, Abrakadabra!

«Il lit dans mes pensées, celui-là!» se dit le chat.

– Entre plutôt! Je chercherai mes autres mines plus tard.

Après un long moment d'hésitation, Abrakadabra entre dans le bureau de Sigsig sur le bout des coussinets. Même sa toute première rencontre avec Makiavellina, la plus cruelle des neuf sorcières qu'il a servies, ne l'a pas autant ébranlé: quel être bizarre, ce docteur Sigsig! Et dire que ce drôle de personnage tient dans ses mains – en plus des petites mines de plomb – les ficelles de sa destinée. De quoi lui glacer le bout du museau.

– Étends-toi!

Abrakadabra hésite à grimper sur le drôle de divan que lui montre Sigsig. Où doit-il sauter sur le long siège? Celui-ci n'en finit plus de faire des vallons... Puis, il se décide: il saute au sommet d'une courbe et s'étend sur le divan-colline. Il n'y a rien qu'il aime mieux qu'une douillette sieste dans un fauteuil moelleux. De quoi le faire ronronner de bonheur! Pourtant, en ce moment, il a plutôt l'allure du rigide sphinx d'Égypte que celle du grand chat noir paresseux qu'il est. Il ne semble vraiment pas dans son assiette...

Tout près d'Abrakadabra, le maître de la Joyeuse maison hantée est assis sur une grosse chaise de cuir pivotante, aux bras et au pied tout brillants de chrome. Il est vêtu d'un sarrau blanc couvert de taches multicolores. Il mâchonne le bout de son crayon fluo, avec lequel il écrit des notes sur un écran d'ordinateur rattaché à la base de sa chaise tournante par une longue tige métallique.

– Je te trouve bien raide, pour un chat de sorcière. Détends-toi un peu, mon brave. Es-tu content de ta chambre, dis-moi?

– Le lit est beaucoup trop grand! se plaint Abrakadabra. Mes neuf sorcières pourraient y dormir ensemble.

– Ah bon? Pourtant... chambre 13..., poursuit Sigsig en consultant son ordinateur. Mais, pauvre toi, tu es dans...

Sigsig pouffe de rire: un drôle de rire tout en cascade qui dure longtemps. Il se donne un bon élan et, sur sa chaise, il tourne et tourne comme une toupie.

Abrakadabra se crispe sur le divan: un monde de fous... dirigé par un fou! Pas rassurant du tout!

Sigsig immobilise abruptement sa chaise, qui rugit: «Yiiiiiiin!» Abrakadabra, lui, grince des dents. Le docteur le remarque. Il lui fait ses excuses, mais ne peut contenir une autre cascade de cris aigus devant le désarroi d'Abrakadabra.

– Tu es dans la chambre réservée aux ogres. Ha, ha, ha! J'ai dû donner le mauvais numéro de chambre à la Ministre de la Confrérie des sorcières. Je suis un peu lunatique...

Sigsig se penche brusquement, fixant son chat-patient dans les yeux. Aucune des neuf sorcières n'a jamais rendu Abrakadabra aussi nerveux.

– Nous allons tenir neuf séances, neuf thérapies. Une thérapie pour chaque sorcière qui t'a rejeté.

Abrakadabra en frémit des griffes aux oreilles.

– Vous voulez ma mort? Me faire revivre tous ces cauchemars!…

– Je veux sauver ta carrière de chat de sorcière, mon cher. Et pour te guérir, je dois d'abord bien comprendre ton problème.

– Le problème, ce n'est pas moi, rétorque le chat-patient, sur le bout du divan, la fourrure en position de bataille. Ce sont mes neuf horribles sorcières!

– C'est bien ce que je dois savoir et je compte sur toi pour me l'apprendre.

Sur ces mots, Sigsig se met à chanter d'une voix grinçante comme une poulie de corde à linge en plein hiver:

🎵 *Quelle énigme! Sig, sig, sig!*
Quel coco! Ho, ho, ho!
Quel génie! Hi, hi, hi!
Je vais trouver! Yé, yé, yé! 🎵

Quelle stupeur pour Abrakadabra! Le chat n'est pas au bout de ses peines avec son nouveau docteur. Tout en chantant, Sigsig a mis la main dans une des poches de son sarrau et il en sort une grosse grenouille. Il la plante droit devant les yeux d'Abrakadabra.

– On commence tout de suite, mon brave! Tu vas tout me dire sur tes neuf sorcières... et, Abrakadabra, n'essaie surtout pas de me faire des entour-loupettes.

Sigsig colle alors son arme verte et secrète sur le bout du museau tout humide de son chat-patient et ajoute, en désignant la grenouille:

– Il n'y a pas meilleure détectrice de mensonge que Carmelita!

Abrakadabra est sens dessus dessous. Il rêve déjà des jours heureux et lointains qu'il a passés avec ses neuf sorcières...

– Aujourd'hui, poursuit Sigsig, commençons par Makiavellina, la première sorcière que tu as servie. Selon le rapport de la Ministre que je lisais tantôt, tu aurais réussi à lui faire faire une dépression? Une première dans les annales de l'Univers de la sorcellerie. Que s'est-il passé?

Aussitôt, Abrakadabra proteste:

– Ce n'était pas ma faute, Sig...

– COAHHH! hurle Carmelita, faisant bondir Abrakadabra.

– La vérité, Abrakadabra, juste la vérité..., le semonce Sigsig, prenant un air de bon père de famille.

Un instant plus tard, Abrakadabra se met à tout raconter sur sa vie tumultueuse avec Makiavellina. Ses talents de conteur plongent vite Sigsig et Carmelita dans le ventre d'une immense grotte perdue, au cœur du refuge de la très spéciale sorcière Makiavellina.

COLÈRE NOIRE DE MAKIAVELLINA

« C'est mon premier jour de travail. Je viens juste d'arriver chez la sorcière Makiavellina, qui m'accueille dans son horrible repaire avec sa gentillesse légendaire :

– Voyons, Abrakadabra, cesse de me fixer de la sorte ! Ne me regarde pas comme si j'étais un rat !

Quel choc ! En plus d'avoir été engagé par la plus redoutée de toutes les sorcières, qui vit au fin fond d'une grotte minable, je réalise que je suis tombé sur la plus laide de toute la Confrérie.

Le visage de Makiavellina me terrifie : deux verrues avec des poils saillants, l'une sur la joue droite et l'autre sur le bout de son très long menton aussi pointu que son chapeau de sorcière. Des sourcils noirs, épais et qui remuent sans cesse, telles deux sangsues, au-dessus de deux petites pupilles brunes que je vois à peine : elles brillent de méchanceté tout au fond des yeux caverneux. Et que dire du nez ! Elle doit brasser ses potions avec tellement il est long...

– Grouille, grouille, Abrakadabra ! On a beaucoup à faire, aujourd'hui : le roi Henri de la tour fêlée a besoin de deux fées pour son repas du soir.

Même si je suis chat de carrière, chat de sorcière, issu de la célèbre race des Grimoire, je sais finalement bien peu de chose sur les sorcières : quelques bribes d'information glanées ici et là durant mes études. Je viens juste de comprendre que les sorcières modernes ont des spécialisations : celle de ma sorcière semble être la chasse aux fées.

– Il mange des fées, le roi ? j'ose alors demander.

– D'où sors-tu, Abrakadabra ? De la lignée des chats Grimoire ou des chats Cornichon ? Je transforme les fées en délectables poulets rôtis, voyons ! Et tout roi ogre en raffole ; tu devrais savoir cela, bout de balai !... Viens que je t'enseigne.

J'avance lentement derrière Makiavellina. Nous passons sous une arche de grosses pierres et débouchons dans un endroit encore plus lugubre, avec un feu de bois énorme et, dessus, un immense chaudron en fonte noire. Je vois dégouliner sur son rebord un bouillon épais, tout vert-de-gris, qui me donne aussitôt la nausée. Ma nouvelle patronne hurle une formule. Un bruit léger, comme un froissement, me fait lever les yeux : j'aperçois, très haut entre deux rochers, tout près du plafond de la grotte, un corps qui flotte dans les airs.

– Ma réserve personnelle de fées, hi, hi, hi! s'amuse Makiavellina, ravie de voir mes yeux briller d'effroi.

Les pattes encore toutes raides, je regarde le corps d'une jolie fée blonde voler doucement jusqu'à nous.

– Observe bien, Abrakadabra!

Avec un grand geste lent de la main, Makiavellina fait bouger la fée à sa guise et l'immobilise juste au-dessus du bouillon vert-de-gris en fusion.

Foi de Grimoire, ma méchante patronne s'apprête vraiment à plonger cette fée dans le chaudron géant! Je garde les yeux bien fixés sur la fée. Et alors… je la vois me faire un clin d'œil!

Elle n'est pas morte?! Je sursaute.

– Miaooowww!

Un formidable miaulement se répercute sur les parois de roche.

– Abrakadabra de malheur! dit Makiavellina, en jetant par terre son grand chapeau pointu. Bout de balai! Vois ce que tu as fait!

La fée est disparue!

Ma sorcière n'est plus qu'un gros bouillon de colère. Son teint est vert-de-gris, comme sa potion magique. Je m'imagine déjà, ensorcelé, volant vers l'immense chaudron et y plongeant de force, la tête la première.

– Espèce de boule de poils sans aucun génie! Tu ne sais donc pas que la règle numéro un d'un chat de sorcière, c'est de ne jamais miauler pendant une séance de sorcellerie?

– Euh...

J'étais pourtant un bon élève à l'école des chats de carrière, chats de sor... »

– COAHHH!... COAHHH! hurle sans arrêt la grenouille Carmelita, indignée.

Abrakadabra cesse de raconter son aventure : la grenouille détectrice de mensonge, qu'il avait complètement oubliée, crie si fort qu'il déboule du divan-colline.

– Tu ne dois pas me mentir, Abrakadabra ! rappelle Sigsig. Carmelita a raison de coasser. À propos de ton passage à l'école des chats de carrière,

chats de sorcière, je me rappelle avoir lu dans le rapport de la Ministre de la sorcellerie que ton pourcentage de réussite ne dépassait jamais… le nombre de tes moustaches. Quatre, cinq, six pour cent, tout au plus!

– Un instant, rouspète aussitôt la victime. J'étais un…

Abrakadabra voit juste à temps Carmelita, les yeux sortis de la tête et les bajoues prêtes à exploser de nouveau. Il se tait et, finalement, avoue s'être peut-être un peu trop amusé à l'école.

– Comme chez tes neuf sorcières, renchérit Sigsig.

– Bof!

– Dans le rapport, Makiavellina se plaint que tu aurais même concocté un banquet à son insu?

– Oui, mais… un tout petit banquet. Euh! un gros buffet! se rétracte-t-il aussitôt, voyant que Carmelita s'apprête à coasser.

– Raconte-nous! ordonne Sigsig, qui fait pivoter sa chaise, son crayon fluo à la main, fin prêt à continuer de prendre des notes sur l'écran de son ordinateur.

LES BAGUETTES EN L'AIR

« Les jours, les nuits passent et moi, Abrakadabra, je meurs d'ennui à petit feu dans la grotte de Makiavellina. Sans compter que c'est la vraie misère noire chez cette sorcière. Ma patronne n'en a que pour la capture des fées et pour son balai magique qui lui permet de les pourchasser. Tout le reste, elle semble l'avoir balayé de son existence. Rien ne la touche ! Encore moins un pauvre chat...

Depuis mon arrivée, elle me traite comme son esclave : trouve-moi la formule magique pour ceci ; rappelle-moi les ingrédients de cette potion ; va espionner dans la chambre à coucher de telle fée ; nettoie toutes ces toiles d'araignée. Et, pour toute nourriture, elle me donne ses restants : entrailles de serpent, ailes de chauve-souris, racines de plantes maléfiques.

– C'est en mangeant de la misère que tu vas devenir un grand Grimoire ! me répète-t-elle.

J'en ai assez de cette vie de chat-ermite avec une vieille chipie de sorcière qui ne montre aucune considération pour moi. Je décide de me permettre quelques petits plaisirs bien mérités :

un jour, je cache les vieux grimoires; un autre, je change les formules magiques; par une belle nuit d'insomnie, je modifie légèrement les recettes des filtres ensorcelés et j'écris dans mes rapports plein de fausses informations sur mes dernières surveillances de fées.

Que des taquineries! Juste de quoi mettre un peu de piquant dans ma vie... Mes tours ont aussi eu pour effet de faire piquer d'autres colères noires à Makiavellina:

– Chat de malheur, tu me donnes une autre formule erronée et je te change en saucisson! Tu riras moins quand tu te retrouveras sur la table du roi Henri de la tour fêlée: il raffole des saucissons!

Chaque fois, elle hurle, jette son chapeau par terre et saute à pieds joints dessus. Une vraie folle! Moi, je ris comme un fou... dans mes moustaches. Les menaces de ma patronne me coulent sur le poil comme la gentillesse sur le dos d'une sorcière: à l'école des chats Grimoire, je n'ai prêté attention qu'à une seule leçon – mais la bonne! Celle qui explique les devoirs d'une sorcière à notre égard. Il a toujours été formellement interdit à quelque sorcière que ce soit d'utiliser un seul de ses pouvoirs contre un chat Grimoire.

De taquinerie en taquinerie, en ce beau soir de pleine lune, une autre idée lumineuse vient tout juste de me griser l'esprit. En quête de vraie joie de vivre, je ne peux lui résister…

– Tu gardes la grotte, Abrakadabra, me lance Makiavellina, bien en selle sur son balai. Et ne les lâche pas d'un poil!

Ma patronne parle des trois fées qui flottent dans sa réserve personnelle. Elles sont délestées de leurs baguettes magiques, qui gisent sur le sol rocailleux.

– Sinon, ajoute-t-elle, je te plonge dans ma marmite jusqu'à ce que chacun de tes beaux petits poils noirs devienne blanc.

Sur ces bons mots, elle s'envole en coup de vent.

Elle doit retourner au Château des princes charmants, où elle a réalisé un coup de filet fumant: des fées jouant aux cartes. Il ne lui reste que la quatrième à retrouver et à ramener. «Un festin de roi pour Henri!» a-t-elle jubilé. De quoi me mettre l'eau à la bouche…

«Oh oui! ai-je alors pensé. Un festin de roi!»

Aussi, je cours à la sortie de la grotte et vérifie si ma patronne et son balai sont bien partis. Rassuré, je reviens dans le repaire et retrouve les trois jolies fées.

– Eh! mes jolies! Vous seriez capables de me préparer un beau festin?

– Le plus formidable des festins, juré sur ma baguette ! lance la fée Loulou, les yeux tout brillants.

– Un banquet que tu n'oublieras jamais, mon beau félin! renchérit la fée Line d'une petite voix douce comme de la soie.

– Un festin qui a déjà fait les délices du Chat botté lui-même! conclut la fée Lumina, tout sourire.

Les fées sont naïves, c'est bien connu ; mais elles saisissent vite les occasions de se sauver des griffes d'une sorcière. Sachant fort bien que les fées tiennent toujours parole, je hurle de joie :

– Marché conclu !

Je bondis aussitôt vers le grimoire. En un clin d'œil, je trouve la formule magique pour libérer les fées et, salivant déjà à l'idée de manger enfin une nourriture digne de mon rang, je reviens vers les trois jolies prisonnières. Je me rassure en me disant que j'aurai une explication en or pour Makiavellina : un trio de princes charmants, venu à la rescousse des fées, m'est tombé dessus. Moi, les combats de cape et d'épée, non merci ! Pas question d'y laisser un bout de queue.

Je joue la sorcière :

Ficelles, elles, elles, déliez vos ailes,
et bouk la mouc-mouc, bouk la boucle,
tire d'ailes, ailes, ailes, ailes !…

En moins de temps qu'il n'en faut pour dire «Abrakadabra», Loulou, Line et Lumina ont atterri dans la grotte, ont récupéré leurs baguettes magiques sur le sol et me disent en chœur, rayonnantes de bonheur:

– Tu es un chat formidable, Abrakadabra!

Ah! pourquoi la race des Grimoire n'est-elle pas consacrée aux bonnes fées plutôt qu'aux sorcières si sévères, si terre à terre!

Baguette en l'air, chacune des fées s'affaire pendant une seconde ou deux. À la troisième seconde, moi, Abrakadabra, j'admire leur œuvre, les yeux tout croches tellement ce que je vois est merveilleux.

– Vas-y! Mange, notre beau et bon sauveur!

Je réponds tout de go à leur invitation et déguste d'abord les petits feuilletés de saumon avec coulis d'épinards; puis la minitourte au thon à la crème d'échalotes; ensuite une délectable glace tutti frutti à la menthe du sous-bois et, en tout dernier lieu, les moustaches frémissantes de joie, j'attaque une crème caramel au coulis de framboises des champs...

Ah! ces fées! Quels cordons-bleus!

Je suis au septième ciel. Que tout ça est bon! Il ne pourrait pas y avoir de festin plus savoureux, parole de chat.

J'en ai les babines folles de plaisir. Jusqu'à ce que...

BANG!

La crème caramel dégoulinant sur mon menton, je regarde Makiavellina entrer dans la grotte comme une flèche, sur son balai.

– J'ai oublié Arthur! maugrée-t-elle.

Arthur, c'est son corbeau maléfique. Sans lui, Makiavellina croit dur comme son balai qu'elle ne peut entrer dans les châteaux. Makiavellina est très superstitieuse.

Soudain, elle m'aperçoit. Ou plutôt elle voit près de moi les trois fées, toutes souriantes, la baguette à la main.

– Abrakadabra! Qu'as-tu fait?

Trois coups de baguette et hop! les fées disparaissent. J'avale de travers un dernier morceau de crème caramel.

Makiavellina fulmine. Plus question de compter sur les princes charmants pour me tirer d'affaire...

Quelques secondes plus tard, je m'envole, ensorcelé par Makiavellina, qui, de la main, me dirige vers la grosse marmite. Bien vite, je me retrouve au-dessus du fameux bouillon en fusion préparé pour transformer les fées en poulets rôtis...»

– COCOCOCOAHHH!

Devant les coassements répétés de Carmelita, Abrakadabra sursaute sur le divan-colline de Sigsig et crie aussitôt:

– J'ai dit la vérité, foi de Grimoire!

– Calme-toi, Abrakadabra! l'exhorte le docteur, qui a cessé de prendre des notes sur son écran d'ordinateur. Calme-toi. Carmelita ne dit pas que tu mens: elle a un fou rire...

Et, approchant son visage de la grenouille, Sigsig poursuit:

– Carmelita, voyons, ma belle, reprends-toi un peu. Cesse de rigoler de la sorte. Tu as fait peur à notre chat-patient...

Et il éclate de son rire en cascade.

Abrakadabra retrouve lentement son sang-froid et se dit que le docteur, avec son rire démoniaque, est bien mal placé pour faire la morale à sa détectrice de mensonge.

Quelques instants suffisent pour faire taire Carmelita et pour que Sigsig reprenne ses airs sérieux de guérisseur de créatures fantastiques.

– Tu sais, Abrakadabra, je trouve que Makiavellina était d'une patience d'ange: avoir enduré toutes tes folies... Et elle ne t'a pas changé en poulet rôti après la disparition des trois fées?

– Non, mais… quel discours j'ai eu!

– Que lui as-tu donc fait de plus épouvantable encore pour qu'elle se décide à te remercier de tes services? La goutte qui a fait déborder la marmite… Raconte-moi!

FOU COMME UN BALAI

« Dans l'Univers de la sorcellerie, le ciel est toujours gris. La pluie menace de tomber à chaque instant. Le soleil se fait rare. Et pour moi, Abrakadabra, il n'y a rien de plus doux qu'un bain de soleil, des rayons chauds qui caressent ma fourrure…

Or, ce matin, à mon réveil, je suis enchanté : chaque petite fissure de la grotte laisse passer un flot de puissants rayons de soleil.

Wow ! Je cours vers la sortie. Au moment où je vais mettre le museau dehors, la voix de ma patronne se fait cruellement entendre :

– Stop, Abrakadabra !

L'orage dans l'âme, quelques secondes plus tard, je commence le grand ménage de la grotte que Makiavellina, ma sans-cœur de patronne, m'a ordonné de faire. Ça ne prend pas une tête à corbeau pour comprendre qu'elle veut me punir. Bon, d'accord, je n'ai pas été de tout repos pour ma patronne au cours des derniers jours... Je me suis fait moi-même sorcier, et j'ai utilisé des formules magiques du grimoire de Makiavellina pour faire disparaître quelques menus objets : lime à aiguiser les ongles, rouge à verrues, faux yeux fluorescents. Que des peccadilles... Rien pour mériter pareil supplice, il me semble.

– Frotte bien la marmite, cette fois... Sinon, Abrakadabra, je vais te frotter les oreilles jusqu'à ce que de la fumée t'en sorte !

Sur ces mots doux, elle sort de la grotte, dans le magnifique halo de soleil tout au bout du corridor, et elle dit en s'étirant:

– Ah! quelle belle journée ensoleillée!

La méchante! Elle me nargue à m'en retourner les entrailles: j'ai mal au ventre. Cette fois, elle a fait déborder la marmite ! Pas un chat de carrière, chat de sorcière ne se laisse humilier de la sorte!

Tout à coup, une idée me vient. Un plan *makiavélique* brille de tous ses feux dans mon esprit. Je me sens tellement mieux dans ma fourrure!

«Enfin, je vois le soleil au bout du tunnel!» que je me dis, en m'activant.

En avant-midi, l'occasion se présente de réaliser mon plan audacieux. Ma patronne est de retour dans la grotte.

– Abrakadabra, que fais-tu avec mon balai dans les pattes? Donne-le-moi, et vite!

Tout heureux, j'obéis.

– Mon grand paresseux, renchérit-elle en jetant un coup d'œil dans la grotte, à ce rythme de travail, tu n'auras pas fini le ménage avant trois jours... et on annonce trois beaux jours de soleil, le sais-tu? Hi, hi, hi!

«Tu ne perds rien pour ricaner!» que je m'encourage.

Tout à coup, je vois ma patronne faire précisément ce que j'avais prévu.

– Une promenade au soleil fera un bien énorme à mes verrues! poursuit-elle en enfourchant son balai tout-terrain, son vieil ami de compagnie maléfique.

Ce matin, moi, Abrakadabra, j'ai trouvé dans le grimoire de Makiavellina la formule magique pour – et c'est écrit tel quel, juré miaulé :

Rendre une personne, un animal ou un objet fou comme un balai.

Et, tout juste avant de lui remettre le balai, j'ai déclamé les mots de cette formule magique, à califourchon sur le balai, tel qu'exigé dans le grimoire. Je suis tout excité…

– Travaille bien, Abrakadabra !

Sur son balai, Makiavellina me lance un petit regard narquois avant de crier :

Vole au vent et au soleil,
mon bel ami
et balai de toujours !

Et là, devant moi, ma sorcière et son balai partent en tous sens : on croirait un ballon qui se dégonfle ! Une toupie en folie! Des montagnes russes! Une souris pourchassée! Un rodéo! Ma patronne est tout cela en même temps.

Oh là là! Quel superbe duo! À chaque seconde, je crois qu'ils foncent droit dans un mur de roc et hop! grâce à un virage en catastrophe, ils évitent la collision et repartent vers un autre coin de la grotte.

Ce ballet acrobatique se termine abruptement par la chute de Makiavellina

au fin fond du refuge, dans la salle des hiboux et des corbeaux, dans une pluie de plumes et de cris stridents.

À mon tour de rigoler! C'est ce qui s'appelle faire le grand ménage! Hi, hi, hi!

Mon plaisir est de courte durée. Ma patronne se relève. Le nez cassé, le chapeau écrabouillé, le costume déchiré et plein de plumes de hiboux et de corbeaux qui pendouillent de partout, Makiavellina, encore plus noire que moi, contrevient pour la première fois à la règle des sorcières à l'égard des chats de carrière, chats de sorcière :

Abrakadabra… zig, zag,
crut, croûte, floute,
et flac à flac!

Oh! malheur! Je me vois transformé sur-le-champ en vulgaire grenouille.»

– COAH!... COAH!

– Mes excuses, Carmelita! Je ne voulais pas...

Abrakadabra cesse de raconter son histoire, de nouveau effrayé par les horribles coassements de la détectrice de mensonge.

– COAHHH !

– Sigsig, faites quelque chose! Elle est en colère contre moi, votre Carmelita!

– Elle est en colère, mais pas contre toi. Carmelita ne peut supporter la discrimination faite à sa race dans l'Univers des sorcières, où tout le monde considère les grenouilles comme de vulgaires créatures.

Le docteur laisse en plan son chat-patient et console vite sa détectrice de mensonge.

– Voyons, voyons, ma cocotte! On a de la grosse pé-peine...

Abrakadabra ne bouge pas d'un poil sur le divan-colline. Il a fini son histoire. Sigsig sait tout de sa relation avec Makiavellina. Quel sera le diagnostic du docteur? Que va lui demander de faire cet étrange maître de la Joyeuse maison hantée?

La vérité, Abrakadabra l'a dite. Mais le moment de vérité, lui, approche...

TRAITEMENT-CHOC!

Abrakadabra s'apprête à rejoindre Sigsig à la cuisine. Le professeur lui a donné rendez-vous pour le petit-déjeuner.

Abrakadabra a des allures de vieille chaussette empoussiérée. Il a passé une très mauvaise nuit. Sigsig est le maître des lieux, mais il est aussi le maître des thérapies-chocs : de la chambre des ogres, il l'a fait passer à la chambre des horreurs ! Les photos des neuf sorcières ont été encastrées dans les murs. Toute la nuit, des «Hi, hi, hi!» lointains et sarcastiques sont venus réveiller Abrakadabra en sursaut. Voilà pourquoi, ce matin, il ressemble davantage à un chat de gouttière qu'à un chat de sorcière.

Dès qu'il met la patte à l'extérieur de la chambre, il retombe en plein cauchemar: il se retrouve museau à museau avec un chien noir, tout maigre.

Position de bataille oblige! Mais... pffuit! l'attaquant se transforme en victime et prend la poudre d'escampette. Un petit coup d'œil suffit à Abrakadabra pour voir le chien longer le mur, derrière le jeune monstre qu'il a déjà aperçu: les deux se sauvent.

«Parole de chat, je ne pourrai pas vivre ici très longtemps!»

Encore moins rassuré, il pénètre dans la cuisine quelques instants plus tard. Un tintamarre de casseroles s'élève.

– Ah! bonjour, Abrakadabra! lance le docteur Sigsig, tout joyeux, derrière une marmite en pleine ébullition.

Un drôle de vieux bonhomme se tient derrière lui.

Abrakadabra a les quatre pattes clouées au plancher : plein de chaudrons débordent partout dans la cuisine et laissent de larges coulisses sur les comptoirs. On dirait que ses neuf sorcières sont venues y faire leurs potions magiques en même temps.

– Approche, approche ! Ne crains pas les potions, voyons ! ricane Sigsig, en replaçant ses lunettes sur le bout de son nez.

Le professeur remplit un bol d'un liquide verdâtre et visqueux et le dépose aux pattes d'Abrakadabra.

– Voilà un petit-déjeuner tout spécial que je t'ai concocté. Il fait partie du traitement miracle que j'ai élaboré grâce à notre excellente première séance de thérapie, hier, sur Makiavellina. La pauvre, je comprends maintenant pourquoi elle a fait une si grande dépression : avec tout ce que tu lui as fait subir…

Le chat-patient n'en croit pas son odorat. Comment va-t-il faire pour avaler cette bouillie pour les chiens ?...

– Abrakadabra, je te présente mon bon copain Mermiz. Mon bras droit. Sans lui, je n'aurais pas pu atteindre la renommée...

L'étrange individu fait quelques pas vers Abrakadabra, qu'il salue de la main.

«Quel incroyable chapeau avec des oreilles! se dit le chat-patient. Et il ne m'inspire pas confiance avec ses lunettes bizarres, ses culottes et ses bottes de cuir…»

Sigsig ordonne à Abrakadabra de boire sa potion et de suivre tout de suite son grand copain. Il va l'amener faire une petite randonnée. C'est lui qui est responsable de l'application de son premier traitement.

Abrakadabra ne s'est jamais senti aussi petit dans ses coussinets…

Depuis trente minutes – une éternité pour Abrakadabra! – notre chat-patient est aux côtés de Mermiz dans son vieil avion à une seule hélice. Mais quel moteur ! Est-ce la potion de Sigsig ou la réalité? Depuis qu'Abrakadabra est monté à bord, il a l'impression que l'avion de Mermiz s'est transformé en... un ballon qui se dégonfle! Une toupie en folie! Des montagnes russes! Une souris pourchassée! Un rodéo!

– Est-ce qu'on atterrit bientôt? hurle sans arrêt Abrakadabra.

L'avion de Mermiz est fou comme un balai: pirouettes par-dessus pirouettes, rase-mottes et vols planés. Quant à Abrakadabra, les moustaches toutes raides, il a le cœur fou comme un balai tellement il a peur... Sans compter qu'à chaque nouvelle acrobatie du petit avion en folie, il a des nausées. Chaque fois, son estomac chavire.

– Attention! Vous allez tuer des oiseaux! miaule-t-il d'un ton plaintif.

D'habitude, les humains sont sensibles à ce genre d'argument; mais rien n'y fait avec Mermiz, qui applique à la lettre le traitement-choc prescrit par Sigsig.

Le supplice terminé, Sigsig reconduit Abrakadabra à sa chambre. Ce dernier ne marche pas : il zigzague dans le corridor. Il n'a même plus la force de se rebeller.

– *LEÇON 1, Abrakadabra : il ne faut pas faire aux sorcières ce que tu ne voudrais pas qu'elles te fassent !*… Bientôt, poursuit doucement le docteur Sigsig en ouvrant la porte, nous passerons à la seconde séance de thérapie : ton passage chez Griffellina, la deuxième sorcière que tu as si mal servie comme chat de carrière, chat de sorcière. Tu dois reprendre des forces, mon brave ! Repose-toi bien, surtout.

La porte se referme derrière Abrakadabra. Sur les murs, ses neuf sorcières lancent des « Hi, hi, hi ! » lointains.

Dans le corridor s'élève une cascade de rires aigus entrecoupés de hoquets. Le pauvre Abrakadabra n'est pas au bout de ses peines: ne lui reste-t-il pas encore huit séances pour compléter sa thérapie?

Pour sa part, le maître de la Joyeuse maison hantée se permet quelques petits pas de danse dans le corridor. Il est fier de son chat-patient, qui a très bien réagi à son premier traitement-choc.

«Bon, maintenant, se dit-il, je crois qu'il est temps que j'envoie une petite missive à la Ministre de la Confrérie de la sorcellerie. Je vais lui dire que notre ami est bel et bien sur le chemin de la guérison. Elle sera folle comme un balai!...»

YVON BROCHU

Yvon Brochu a peur des sorcières et des chats, surtout lorsqu'ils grimpent sur les sofas. Mais il adore les faire vivre en mots, sur ses feuilles quadrillées. L'odeur du bon café, la douce chaleur d'une robe de chambre en flanelle et de grosses pantoufles, voilà de quoi le rendre de bonne humeur le matin et l'inspirer. Sans oublier les croissants et les brioches! Car il est gourmand... autant de pâtisseries que de bonnes histoires à raconter!

PAULE THIBAULT

Quand Paule Thibault dépose ses crayons, elle va s'entraîner pour un marathon. Ramasser des roches pour sa collection. Préparer de bons petits plats pour ses invités. Car Paule adore recevoir. Toutefois, pas de monstre, de fantôme ou de chat de sorcière à sa table: elle les garde pour sa table à dessin!

La Joyeuse maison hantée

Mouk le monstre

Auteure : Martine Latulippe

Abrakadabra chat de sorcière

Auteur : Yvon Brochu

Frissella la fantôme

Auteur : Reynald Cantin

Auteur : Yvon Brochu
Illustrateur : David Lemelin

Romans

1. Galoche chez les Meloche
2. Galoche en a plein les pattes
3. Galoche, une vraie année de chien
4. Galoche en état de choc
5. Galoche, le vent dans les oreilles
6. Galoche en grande vedette
7. Galoche, un chat dans la gorge
8. Galoche, sauve qui pique !
9. Galoche, haut les pattes !

BD

1. Galoche supercaboche
2. Galoche supercaboche et le club
   des 100 000 poils
3. Galoche supercaboche et les Jeux olympiques

www.galoche.ca